KB172803

마음을 열어주는 삶의 지혜

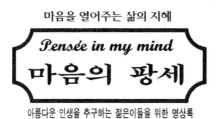

Pensée in my mind

마음의 팡세

아름다운 인생을 추구하는 젊은이들을 위한 명상록

지성문화사

책머리에

인생을 보람있고 성공적으로 살기 위해서는 마음을 바르게 이끌어 주고 삶의 좌표가 될 수 있는 한권의 좋은 책이 필요하다. 책은 마음의 양식이며 영혼을 밝혀주는 등불이다. 특히 청소년들은 감수성이 뛰어나기 때문에 이 시기에 읽는 책은 그들의 장래를 좌우할 수 있을 만큼 중요하다. 우리는 성공한 사람들의 회고록이나 추억담을 통해서 그들의 성공에 결정적인 영향을 준 것이 한 권의 책이나 한 줄의 명언이란 사실을 잘 알고 있다.

좋은 책은 인생을 성공으로 이끌고 평생토록 스승의 역할을 하는 것이다. 이번에 필자가 엮은 「마음의 팡세」는 삶의 지혜가 들어있는 명상록이다. 옛 성현들과 위인들이 남긴 어록과 명언 등에서 이 시대를 살아 가는 젊은이들에게 알맞는 내용만을 요점 정리식으로 가려서 뽑았다.

핵심적인 가르침만을 간추려서 엮었으므로 우선 읽기에 부담이 없고 재미있다.

여름

인간

나는 생각한다. 그러므로 나는 존재한다.

●
●
●
●

2

인간의 본성은 선이다.

3

인간은 생각하는 갈대이다.

4

인간은 사회적 동물이다.

●
●
●
●

5

눈물어린 빵을 먹어보지 못한 사람은
인생을 알지 못한다.

6

사람이 삶을 마치는 순간 마지막으로
남기는 말. "착한 사람이 되어 덕을 베풀어라."

7

고뇌의 참된 의미를 모르는 사람은
아직 참된 삶을 살고 있는 사람이 아니다.

●

●

●

●

8

인간은 생각하는 것 만으로 그쳐선 안된다.
지성은 갑속에 든 칼과 같다.

9

사람들 중에는

세상에 꼭 필요한 사람이 있다.
세상에 필요치 않은 사람이 있다.
세상에 있으나 마나 한 사람이 있다.

인간

●

●

●

●

10

완전한 인간이 되기는 어렵다.
하지만 완전한 인간이 되기위해
노력하는 모습은 참으로 아름답다.

11

결점없는 완전한 인간은 없다.
그러나 완전한 인간에 도달하는 것을
목표로 살아야 한다.

●
●
●
●

12

사람의 나이가 50세가 되어야
49년간의 잘못을 알게 된다.

13

사람의 위대함은 그 사람의 생각의 위대함에
따라서 결정된다.

●

14

사람의 가장 위대한 힘은 자기 자신의
약점을 극복하는 데에서 생긴다.

15

신체는 영혼의 전당이다.
신체를 청결하고 건강하게 보존토록 하라.
맑은 영혼은 부정한 신체를 싫어한다.

16

외모만 보고 사람을 평가하지 말라.
똑똑하지 못하고 어리석은 사람을 만나더라도
그를 멸시해서는 안된다.
부모한테서 물려받은 재능은 재산과 마찬가지로
자랑거리가 되지 못한다.
영리한 도둑보다는 마음씨 착한 바보가
차라리 훌륭하지 아니한가!

17

인간의 본성은 선도 아니고 악도 아니다.
선악을 초월한 상태이다.

18

인간은 자신이 진리와 함께 있을 때에만 자유롭다.
진리의 문은 이성에 의해서 열린다.

19

철학자의 전 생애는 죽음에 대한 준비이다.

20

백년후에 자신에 대해서
사람들이 평가를 내리게 된다면
빈부 귀천에 대한 이야기가 아니라
마땅히 해야 할 일을 하였느냐 아니면 해서는
안될 일을 하였느냐 라는 것일 것이다.

●

●

●

●

21

자신의 영혼안에서 일어나는 일을
사람들이 볼 수 있다고 생각하면서 행동하라.

22

모든 사람을 존중하라.
보잘 것 없이 보이는 사람일지라도
우리들과 똑같은 영혼이 존재하는 것이다.

23

맑은 영혼을 위해 힘쓰라
그러나 본래 더러운 영혼도 없다
달이 구름에 가려지듯이
맑은 영혼위에 탐욕의 먼지가 덮혀있을 뿐이다.

지식

24

지식이 많은 사람 보다는 지혜로운 사람이 되라.

지식

●
●
●
●

25

지식은 하늘을 날 수 있는 날개와 같다.

26

지식은 경험의 소산이다.

27

지식은 지혜로 나아갈 수 있는 지름길이다.

28

철학을 배울 것이 아니라
철학하는 방법을 배워야 한다.

Daiwoong Kwon 99

지식

●
●
●
●

29

종교가 없는 과학은 절름발이.
과학이 없는 종교는 장님.

30

지식만 있고 지혜가 없는 사람은 영리한 바보이다.

31

땀과 눈물을 흘려서 얻은 체험과 지식은
살아있는 자신의 소유물이다.

32

용기가 지나치면 만용
애정이 지나치면 질투
절약이 지나치면 인색

33

소비가 지나치면 사치
음주가 지나치면 중독
흡연이 지나치면 암

●

●

●

●

34

장미꽃에 가시가 있다고 불평을 하지말라.
오히려 그 가시가 아름다운 꽃을 피게하는 것을 고맙게
생각하라.

35

세상에 존재 가치가 없는 것은 하나도 없다.
기어 다니는 벌레 한 마리도 존재할 이유가 있다.

36

인간이 남과 교제를 하는 것은
고독이 무섭기 때문이다.

.
.
.
.

37

폭풍우가 지난 바다는 고요하다.

38

쓴약을 먹은 후라야 병이 낳는 법이다.

39

역경 속에는 이미 희망의 씨앗이 감추어져 있다.

40

일이 잘된다고 해서 너무 좋아하지 말라.
좋은 일에는 마(魔)가 끼는 법이다.
항시 겸손한 마음으로
하늘의 순리를 따르는 사람이 될 일이다.

41

일이 잘 안된다고 해서 실망하지 말라.
시련이 큰만큼 성취도 크다.

42

오직 최선을 다하라. 결과는 하늘에 맡겨라.

43

우아하고 조화있는 말씨와 행동은
사람들의 마음을 사로잡는다.
인생은 연극이고 이 세상은 무대와 같다.
우리들은 모두 배우이고.
한편의 희곡을 성공시키기 위해서는
배우의 연기력이 뛰어나야 할 것이다.

· · · ·

44

결코 희망을 잃지 말라.
불행 다음 순서는 행복이다.
삶에도 순서가 있다.

45

슬픔을 가다듬고 기다리라.
구름 뒤에서는 태양이 빛나고 있다.

46

비바람이 친 후에는 화창한 날씨가 오는 법이다.

47

퇴출 3가지

1. 여러사람이 모인 자리에서
큰소리로 떠들며 얘기하는 사람.

2. 함부로 담배를 피워서 옆사람의 코에
연기가 들어가게 하는 사람.

3. 지하철 안에서 눈빛을 빛내며
서로 코를 맞대곤 하는 남과 여.

48

바둑격언에 "적은 것을 탐하다가 큰 것을 잃는다."
라는 말이 있다.
쾌락은 순간이고 작은 것인데 비해
그것의 대가는 길고 크다.
진정한 행복은 쾌락에 있는 것이 아니라
진리를 찾으며 진실하게 사는데에 있다.

49

베이컨(Bacon)은
"한 개인의 재산이 그의 일생에 목적이 될 수는 없다."
라고 말했다.
재산은 사회의 많은 사람을 위해 쓰여질 때
진정한 효용 가치를 지니는 것이다.

50

인생은 짧다.
그러나 그가 남긴 봉사의 미덕은 영원하다.

●
●
●
●

51

남이 나에게 베풀기를 바라지 말고
내가 먼저 남에게 베풀어라.
사람들은 베푸는 집안에 경사가 있다고 하였다.

52

남을 돕는 일이 곧 나를 돕는 일이다.
세상은 심은대로 거두기 마련이다.

53

고기를 주는 것보다는
고기 잡는 방법을 가르쳐 주어라.
스스로 독립하여 활기찬 인생을 살도록
도와주는 것이 진정한 도움을 주는 것이다.

54

남에게 베풀것이 없다고 한탄하지 말라.
밝은 미소와 친절한 말, 사랑스런 마음이면 충분하다.
이런 것들은 돈으로도 살 수 없는 소중한 것이다.

●
●
●
●

55

선인은 멀리 있어도 눈처럼 빛나고
악인은 가까이 있어도 밤에 쏜 화살처럼
보이지 않는다.

56

착한 사람은 둘 밖에 없다.
하나는 죽은 사람이고 또 한사람은
아직 세상에 태어나지 않은 사람이다.

57

효성이 지극하면 돌 위에도 풀이난다.

58

남에게서 입은 상처는 잊어 버려라.
그러나 은혜는 결코 잊어서는 안된다.

●

●

●

●

59

남의 잘못을 용서해 주지 못하는 사람은
자신의 잘못도 용서 받지 못하게 된다.

60

남으로부터 상처를 입었다고 해치려 들지 말라.
입은 상처보다도 더 큰 불행이 돌아온다.
성을 내어 사람을 쏘는 벌이 먼저 죽는다.

61

남에게 꾸지람을 들었을 때 화를 내지 말라.
또 화가 나더러도 남을 책망하지 말라.
참는 자에게 복이 온다.

62

육신을 떠난 영혼이 저승으로 갔다.
영혼은 그곳에서 한 사람을 만났는데
몸이 상처투성이의 추악한 모습이었다.
영혼은 그 사람에게 물었다.
"너는 무슨 죄를 지었기에
악귀와 같은 꼴을 하고 있느냐?"
그러자 그가 대답했다.
"나는 너의 행실이다."

63

선은 모든 것을 정복하지만
그 자신은 정복당하지 않는다.

64

진실은 인간이 간직해야 할 최고의 보배
거짓은 인간이 간직해서는 안될 최악의 범죄

65

덕행에 주어지는 보수는 인생의 성공
악행에 주어지는 보수는 인생의 파멸

66

생각이 바뀌면 행동이 바뀌고
행동이 바뀌면 습관이 바뀐다.
습관이 바뀌면 성격도 바뀌고
따라서 운명도 바뀐다.

●

●

●

●

67

세상에 이길 수 없는 유혹이 없고
극복되지 않는 역경도 없다.
따라 잡을 수 없는 행복은 더더욱 없다.

68

탐욕으로부터 벗어나라.
자유의 참 맛을 알게 된다.

69

자유인이란 모든 마음의 속박으로부터
벗어난 사람을 두고 이르는 말이다.

70

의심, 두려움, 근심, 슬픔 따위와 같은
부정적 감정에 휩싸이지 말라.
실제로 그러한 일들이 일어난다.
인생의 많은 불행은 쓸데없는 걱정으로부터
비롯되는 것이다.

71

절대로 화를 내지 말라.
화나는 것을 멈추고 분노의 감정을 내색하지 말라.
부드러운 말은 상대의 감정을 녹이지만 격한 말은
노여움을 사게 되어 일을 그르친다.

72

먼저 짖으며 덤비는 개가 싸움에 진다.

73

겸손은 최고의 미덕이다.

74

행복은 마음의 상태이지 환경의 결과는 아니다.

Daiwoong Kwon 99

75

천국과 지옥은 어디에 있는가? 마음속에 있다.
행복과 고통을 포함한 일체의 존재는
마음의 인식으로부터 비롯된다.
그러므로 마음을 잘 다스려야 한다.

76

세상은 거울과 같다.
우리들이 미소를 띄우면 세상은 미소를 띄우고
우리들이 얼굴을 찡그리면 세상도 찡그린다.

77

마음속에 아름다운 그림을 그려라.
아름다운 인생이 현실로 나타난다.
긍정적 사고는 긍정적 결과로 나타난다.

·
·
·
·

78
급할수록 돌아가라

79

일을 경솔하게 처리하지 말라.
급하게 할수록 늦어진다.
큰 일일수록 더욱 신중하게 생각하지 않으면 안된다.

80

무슨 일이든지 힘으로 해결하려고 하지 말라.
누르는 힘에는 반작용이 따른다.
봄 눈을 녹이는 것은 매서운 바람이 아니라
따뜻한 햇볕이다.

81

남이 자신을 칭찬한 뒤에는 자기 자랑을 하지 말라.

82

화가 날 때에는 10까지 세어라.
그래도 화가 날 때에는 100까지 세어라.
그런데도 화가 날 때에는 1,000까지라도 세어라.

83

큰 그릇이 많은 물건을 담을 수 있다.
옹졸한 생각으로부터 탈출하라.

84

과학의 발전은 마음의 상상력에서 비롯된다.

●

●

●

●

85

우리가 싸워야 할 첫째의 적은
우리의 마음 안에 있다.

86

날씨가 나쁘다고 탓하지 말라.
어떤 날씨도 나쁜 것은 아니다.
비오는 날은 나막신장수에게 좋고
개인 날은 짚신장수에게 좋은 것이다.
봄에 바람이 많은 것은 만물의 생명을
잉태하기 위한 자연의 몸짓이다.
자연의 순리대로 생각하는 습관을 갖도록 하자.
자연에 대한 경외심과 긍정적 사고는
한층 더 삶의 기쁨을 줄 것이다.

87

다른 사람이 화를 낼 때 조용히 관찰해 보라.
자기 분노를 억제 하는데 도움이 된다.

88

사람의 증오 만큼 무서운 것도 없다.
증오는 사람의 눈을 멀게 한다.

89

분노와 증오는 자신을 결박하는 사슬이다.

90

속담에 자기집 두레박줄이 짧은 것은 생각치 않고
남의 집 우물 깊은 것만 탓한다. 라는 말이 있다.
소경이 개천을 나무라는 식이다.
역경에 처했을 때는 자신을 반성해야지
남을 원망해서는 안되는 것이다.

91

군자의 귀는 - 남의 잘못을 듣지 않는다.
군자의 눈은 -남의 결점을 보지 않는다.
군자의 입은 - 남의 허물을 말하지 않는다.

92

육체는 마음의 옷이다.

93

길이 멀면 말의 힘을 알게되고
세월이 오래면 사람의 마음을 알게된다.

94

슬픔이 지나치면 웃음이 나오고
기쁨이 지나치면 눈물이 나온다.

95

여자의 눈물은 승리의 표시이고
남자의 눈물은 항복의 표시이다.

96

마음에 없는 말을 하는 사람 보다는
침묵하는 사람이 오히려 사교성을 잃지 않는다.

97

일은 바르게 처리하라.

Daiwoong Kwon 99

신념

●

·

●

●

●

98

옛날에 어떤 왕이 죄없는 한 사람을
사형에 처하라고 명령을 내렸다.
그 사람은 '죄송하지만 폐하 자신을 구하소서.
신이 받는 고통은 한 순간에 지나지 않지만 폐하께는
이 죄가 일생동안 따라 다니어
양심을 괴롭힐 것입니다.' 라고 대답했다.
모든 일은 양심에 따라서
바르게 처리하지 않으면 안되는 것이다.

99

신념이 강하면 태산도 옮길 수 있다.

100

적절한 휴식은 내일의 근면과
능률을 올리는 데에 매우 필요하다.
열심히 일만 하고 심신(心身)을 혹사하는 것은
건강과 일, 양쪽에 다 좋지 않다.
자신의 신체리듬을 조절하면서
휴식을 갖도록 하라.

101

휴식을 취하는 방법에는 여러 가지가 있다.
'무조건 잠만 잔다고 휴식이 되는 것은 아니다.
우리나라 초대 대통령인 이승만 박사는
휴식의 한 방법으로 청와대 안에서 장작을 패는 일로
대신했다고 한다.
이와 같이 무조건 쉬는 것이 아니라 자신의 취미에
알맞은 일을 찾아서 휴식을 취하는 것도 좋을 것이다.

102

잠자리에 들기전에 하루일을 반성하라.

103

잠들기 전에 내일의 꿈을 품어라.

104

아침에 일어나서
"오늘은 한사람에게 만이라도 기쁨을 주어야 하겠다."
라는 생각으로 하루를 시작하라.

105

나이들어 보이지만 원기가 넘친다.
젊은 시절 향기로운 술의 유혹을 멀리 했기에
지금 매서운 찬서리가 내린다 한들
걱정이야 있겠느냐

106

인내는 농부의 땅
인내는 뉴턴의 사과
인내는 모나리자의 미소
인내는 밤하늘의 별
인내는 눈물젖은 빵
인내는 …… 친구
인내는 …… 사랑
인내는 …… 쓰다
인내는 …… 달다

107

인내하는 자만이 최후의 승자가 될 수 있다.

108

천재는 없다. 다만 노력만이 있을 뿐이다.

109

천재와 백치는 종이 한장 차이

110

천재란 99퍼센트의 노력과
1퍼센트의 영감으로 이루어진다.

111

하늘은 스스로 돕는 자를 돕는다.
Hesven helps those who help themselves.

112

일을 할 때에는 마음을 집중하라.
자신의 능력을 최대한 개발하라.
능력은 사용하지 않으면 사라진다.

●

●

●

●

113

게으름은 질병의 원인이 된다.
부지런히 일하고 운동하라
신체와 두뇌가 나태하여 하는 일이 없으면
병마가 찾아온다.

114

무슨 일이든지 놀지말고 하라.
'철학자의 돌'을 발견하려고 해도 좋다.
인생은 노력하는 자의 편이다.

115

철학자의 돌(philosopher's stone)

모든 금속을 황금으로 변화 시킨다는 가상의 물질.

● ● ● ●

116

일을 할 때에는 조심해서 해야 한다.
그러나 잘못 될 것을 너무 두려워해서도 안된다.
실수와 잘못은 개선의 원동력이다.

117

습관은 제2의 천성이다.
행위의 씨를 뿌리면 습관이라는 열매를 맺고
습관의 씨를 뿌리면 인격이라는 열매를 맺는다.

118

오늘 할 일을 내일로 미루지 말라.
그리고 자기가 하기 싫은 일을 남에게 강요하지 말라.

119

일이 잘 될 때에 역경에 대한 준비를 하라.
소 잃고 외양간 고치는 일이 없을 것이다.

120

집중력을 키워라.
놀라운 결과를 낳는다.
일에 집중할수록 성공도 빨라진다.

121

성공과 선행의 씨앗을 심어라.
심은대로 거둘 것이다.
이것이 진리의 법칙이다.

●

●

●

●

122

근면하라.
영혼과 육체가 나태한 곳에 욕정이 스며든다.
근육의 운동은 육체에,
두뇌의 운동은 정신에 평화를 가져다 준다.

123

맡은 일에 최선을 다하는 사람은
왕의 눈에도 띄일 수 있다.
콜럼버스(Christopher Columbus)는 인도로 가는
서쪽 항로를 찾다가 아메리카를 발견했다.
괴테의 말처럼 사울은 아버지의 당나귀를 찾다가
왕국을 건설했다.
이와 같이 근면은 스스로 보답을 가져오는 것이다.

124

근면은 몸과 마음을 살찌게하는 명약이다.

근면

●
●
●
●

125

근면하지 않은 천재보다는 근면한 둔재가 낫다.
성공은 결국 근면한 자의 것이다.

126

해야 할 일은 실행토록 결심하라.
결심한 일은 틀림없이 행하라.

127

일하기를 싫어하는 사자보다는 일하는 개가 낫다.
일에는 부와 번영이 따르기 때문이다.

성공

128

모난 사람은 모난 구멍에 넣고
둥근 사람은 둥근 구멍에 넣어라.
이와 같이 필요한 사람을 필요한 곳에 쓴다면
일은 반드시 성공할 것이다.

성공

129

아름다운 개성을 창조하라.
현대는 개성시대이다.
지나친 개인주의는 좋지 않지만
개성은 일상생활에 소금과 같다.
훌륭한 개성은 군중속에서 더욱 빛난다.

130

사람이 의심스러우면 채용하지 말고
이미 채용하였거든 의심하지 말라.
그러나 맹목적으로 믿으라는 말은 아니다.

131

모험을 하라.
새로운 세계가 열린다.
인생은 끝없는 모험의 연속이다.

132

성공하고 싶으면 잠재의식을 활용하라.
잠재의식은 당신이 바라는 것을
무엇이든지 가져다 준다.

133

창조적인 상상력을 가동시켜라.
생각 한 것은 현실로 나타난다.

134

좋은 일을 생각하면 좋은 일이 생기고
나쁜 일을 생각하면 나쁜일이 생긴다.

성공
●
●
●
●

135

처음에 값싼 「충고」를 받아들이지 않는 사람은
나중에 비싼 대가를 치르고 「후회」를 사게된다.

136

말(馬)을 재치있게 훔쳐가는 사람이 있는가 하면
울타리 안을 넘겨다 보기만 해도
의심을 받는 사람이 있다.
왜 그럴까? 전자는 남들이
호감을 사도록 일을 하는데 반해서
후자는 사람들로부터
미움을 사도록 일을 하기 때문이다.

137

부드러운 성품을 지녀라
강한 쇠는 부러지지만
약한 버들가지는 부러지지 않는다.

●

●

●

●

138

모험은 젊은이의 특권이다.

139

젊어서 고생은 사서 한다.

140

체험은 산 교육이다.
많은 것을 보고 느끼고 배우라.

●
●
●
●

141

성공으로 이끄는 7가지

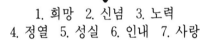

1. 희망 2. 신념 3. 노력
4. 정열 5. 성실 6. 인내 7. 사랑

142

성공은 설명이 필요없다.
실패도 변명은 필요없다.

143

태양이 비칠 때 건초를 만들어라.
(Make hay while the sun shines)

성공

144

부와 빈곤은 자신의 신념에서 비롯된다.

성공

●
●
●
●

145

한푼을 우습게 아는 사람은
한푼 때문에 울게 된다.

146

돈의 많고 적음을 논하지 말라.
1원도 돈이고 1억원도 같은 돈이다.
부자는 이미 이같은 사실을 깨달은 사람이다.

147

남보다 한발 앞서가려면 남에게 한발 양보하라.
이것이 지면서 이기는 처세이다.

성공

148

젊은날에 큰 뜻을 세워라.
뜻이 있는 곳에 길이 있다.

Daiwoong Kwon 99

●

●

●

●

149

얻고자 하면 계획을 세우고 노력하라.
성공할 수 있다는 확신만 있어도
벌써 반은 성공한 것이다.

150

모든 것을 다 알고 있는 것처럼 말하는
사람은 사실은 아는 것이 별로 없다.

151

아이디어를 끊임없이 개발하라.
우리의 두뇌는 고성능 컴퓨터보다 뛰어나다.

성공

152

어떤 일을 놓고 담판을 할 때에는 성급하지 말라.
상대는 자신들의 이야기를 들어주기를 바란다.

●

●

●

●

153

좋은 기회가 찾아오면 놓치지 말고 붙잡아라.
할 수 있는 날에 하지 않으면
하고자 할 때에 할 일이 없게된다.
기회는 항상 자신의 곁에 있다.
찾으려고 노력하면 반드시 보인다.

154

실무적인 습관을 갖어라.
시간과 질서를 지키고 규칙적인 일을 소홀히 하지말라.
동료를 도우며 일하고 뒷처리를 말끔하게 처리하라.

155

호감을 사도록 하라.
남들이 원하는 일을 하면 얻는게 있다.
남에게 즐거움을 줄 수 있는 기회를 놓치지 않으면
나에게 돌아오는 즐거움이 크다.

156

쾌락을 얻기 위해서 노력을 아끼지 않는 것처럼
덕행을 위해서도 노력한다면
훌륭한 인품을 갖게 될 것이다.

157

잘나가고 번창한다고 교만하지 말고
역경에 처했다고 절망하거나 비관하지 말라.
성공과 실패는 동전의 앞뒤와 같아서
언제나 그 위치가 바뀔 수 있는 것이다.

158

한번 놓친 기회는 다시 오기 어렵다.
사람의 일에는 때가 있기 마련이다.
인간사는 만조의 바다위에 떠있는 배와 같은 것이다.
만조를 타게되면 행운의 뚝으로 갈 수 있다.
만조가 도와줄 때 조류를 타라.
놓치게 되면 항해는 수포로 돌아갈 것이다.

159

노력하지 않는 천재란 있을 수 없다.
영국의 여류 소설가 「조오지 엘리어트」는
영감에 의해서 소설을 쓴다는 것을 비웃고 있다.
천재도 역시 끊임없이 노력하지 않으면 안된다는 것을
알 수 있게 하는 대목이다.

●
●
●
●

160

자기가 잘못했을 때 부끄러움을 느끼는 것은 좋지만
자신의 잘못을 시인하는 일을
부끄럽게 여겨서는 안된다.

161

정직은 어느곳에서나 유통되는 유일한 화폐이다.

162

모르는 것을 모른다고 하는 것은
부끄러운 것이 아니다.
모르면서도 아는체 하는 것이 부끄러운 것이다.

성공

•
•
•
•

163

칭찬을 들었다고 기뻐하지 말라.
참다운 충고란 칭찬이 아니라
나쁜점을 깨우쳐 주는 것이다.
입에 쓴 약이 몸에는 좋다고 하였다.

164

자신에게는 엄격하되 남에게는
부드럽게 대하라.

165

강자의 들어난 모습은 겸손이다.

성공

166

겸손하라.
남으로부터 대접을 받는다.
자신을 낮추는 것이 곧 높이는 일이다.

DAIWOONG KWON

●
●
●
●

167

일기는
⬇
일상생활의 대화
양심의 기록
개인의 역사
희망의 속삭임
미래의 약속

168

마음을 비우고 사랑으로 채워라.
사랑앞에는 적이 없다.

169

시간을 낭비하지 말라.
한번 흘러간 시간은 다시 돌아오지 않는다.
아끼는 시간만큼 삶의 길이도 늘어난다.

170

참신한 아이디어와 정당한 노력으로
부를 성취한 사람은 존경의 대상이 된다.

171

부자가 되려면 돈을 많이 벌어야 하지만
번돈을 어떻게 쓰느냐도 참으로 중요하다.
영어에 절약(thrift)이라는 말에
번영이란 뜻도 있듯이 번돈을 유용하게
잘 쓰는 것이야말로
부를 유지할 수 있는 밑거름이다.

172

잠재의식을 개발하고 활용하라.
부(富)를 이루겠다는 신념이
강할수록 성공도 빨라진다.

부(富)

●

●

●

●

173

금전 출납을 기록하라.
물건값과 돈의 쓰임새, 자기의 형편등을 알 수 있다.
또 한편으로는 낭비를 막고 합리적인
경제생활을 할 수 있는 첩경이다.

174

"빚을 진다는 것은 노예가 되는 것과 같다."
"빚을 지는 사람은 슬퍼지게 된다."
배고픔과 추위, 심한 노동과 멸시,
누더기 옷등은 모두 불쾌한 일이다.
그러나 빚을 진다는 것은 이런 것들보다도
더욱 괴로운 것이다.

・
・
・
・

175

돈의 가치를 깨달아라.
돈은 하나의 힘이다.
그러나 돈을 사랑하지 말라.
현명하게 쓴다면 많은 일을 할 수 있지만
돈에 너무 집착하면 돈의 노예가 되어
인간성을 상실하게 된다.

176

가진 것이 없다고 한탄하지 말라.
비어있는 마음 속에는 어떤 보석도 담을 수 있다.
잃을 것이 없는 사람이야 말로 진정한 부자이다.

177

욕심이 적은 사람이 근심도 적은 법이다.

•
•
•
•

178

자신을 불행에 이르게 하는 길

자신만을 생각하라.
타인을 위해서는 생각하지 말라.
화를 잘 내어라.
사치를 부려라.
폭음, 폭식을 하라.
신선한 공기와 운동을 취하지 말라.
자신을 행복하게 하는 길은 불행에 이르는 길의 반대.

179

남자는 여자의 행복해하는 모습에서 기쁨을 얻지만
여자는 자신이 행복의 중심에 서 있을 때에만
만족해 한다.

180

행복의 향기

소크라테스는 지혜, 지식, 진실, 깊은 사고 등이
진정한 의미에서 쾌락이라고 하였다.
우리에게 즐거움을 주는 것들은 너무 많다.
친구, 책, 음악과 미술, 운동, 휴식, 영화,
아침, 낮과 밤, 햇빛, 숲과 벌판,
호수와 강, 동물, 식물, 나무와 꽃 등등
그들은 모두 나와 함께 존재하며
생명의 소중함을 일깨워 주는 것들이다.
무심히 지나치는 이름없는 풀꽃에서도
행복의 향기를 느낄 수 있는 것이다.

181

길이 없으면 길을 만들어라.

●
●
●
●

182

돈이 안 벌린다고 해서 실망하지 말라.
아무리 운이 나빠도 좋아질 때가 온다.
반대로 돈이 잘 벌릴 때 다 쓰지 말고
잘 안 벌릴때를 대비하라.
처음 사업에 운이 좋았기 때문에
파멸한 사람들이 많이 있다.
행운과 불운은 자리 바꿈을 하기 마련이다.

183

행복과 불행은 사촌이다.

184

가난은 부끄러운 일이 아니다.
다만 불편할 뿐이다.

●

●

●

●

185

불행은 과실에서도 비롯된다.
첫째, 자신이 알면서도 저지르는 과실.
둘째, 자신이 모르고 저지르는 과실.

186

불행을 겪지 않으면 행복의 즐거움도 모른다.

187

가난하다고 해서 불행한 것은 아니다.
따뜻한 사랑과 희망이 가슴에 가득 채워져 있다면
그는 누구보다도 행복한 사람이다.
예전부터 훌륭한 사람들 중에는
가난한 사람이 많이 있었다.

사랑

188

사랑은 마술이다.

Daiwoong Kwon 99

189

사랑을 하고 있는 여자의 기억력은 컴퓨터.

190

사랑은 천국과 지옥의 맛

191

사랑은
♥

완전한 자기망각
죽음에 이르는 병
눈물 한방울

●
●
●
●

192

사랑은 희극 / 프랑스
사랑은 비극 / 영국
사랑은 슬픈 가극 / 이탈리아
사랑은 멜로드라마 / 독일
사랑은 연극 / 일본
사랑은 시 / 중국
사랑은 이별 / 한국

193

여자는 사랑에 대한 환상을 져버리지 않는다.
그것이 여자를 야름답게 하는 이유이다.

194

뜨거워 지지 않는 사랑은 이별을 생각하게 한다.

●

●

●

●

195

남자의 사랑은 인생의 일부이며
여자의 사랑은 인생의 전부이다.

196

사랑의 고뇌
사랑의 탄식
사랑의 고통
그것이 두려워 사랑하지 않는 사람은 없다.

197

사랑의 편지
♥

청년은 급하게 읽고
중년은 천천히 읽으며
노인은 되풀이 하여 읽는다.

198

키스의 종류

손등의 키스 - 존경
손바닥의 키스 - 바램
이마의 키스 - 우정
볼의 키스 - 호감
입술의 키스 - 애정
감은 눈위의 키스 - 동경
팔의 키스 - 욕망

●

● ● ●

●

199

여자는 사랑하는 사람의 키스에 의하여
비로소 눈을 뜬다.

200

여자의 사랑은 하늘과 같이 높고
남자의 사랑은 바다와 같이 넓다.

201

연애의 주식시장에 안전주란 없다.

202

남의 잘못을 용서하라.
그러나 남의 용서를 받는 사람은 되지말라.

203

사랑은 우라늄보다도
더 많은 힘을 간직한 에너지원이다.

204

노예가운데 가장 비천한 노예는
정욕의 노예이다.

●

●

●

●

205

남을 사랑할 때는 차별을 두지 말라.
차별을 두는 사랑은 진정한 사랑이 아니다.
가깝고 다정한 사람만을 사랑하지 말고
모든 사람을 골고루 사랑하라.

206

근심을 함께 나누면 반으로 줄고
기쁨을 함께 나누면 배로 늘어난다.
사랑을 함께 나누면 이 세상이 천국

207

아무리 주고 또 주어도 고갈되지 않는것이
곧 사랑이다.

여자

●
●
●
●

208

마음이 착하지 않은 미인은
알콜이 증발한 술과 같다.

209

여자는 약하나 어머니는 강하다.

210

남자의 논리적인 것에 대항하는 것은
여자의 감성 뿐이다.

여자

·
·
·
·

211

처음으로 미인을 꽃과 비교한 사람은 천재이다.
그러나 두 번째 같은 말을 한 사람이 있다면
그는 바보다.

212

여자는 한번의 키스만으로는 마음이 움직이지 않는다.

213

마음이 가난한 여자는 사치스런 물건을 갖고 싶어한다.

여자

214

남자는 사랑을 마음으로 하고
여자는 사랑을 언어로 한다.
남자의 사랑은 마음 속 깊이 간직되어 있어서
말이 필요없는 반면에 여자는 "너를 사랑해."라고
말로서 확인 시켜 주길 바란다.

마음의 팡세

여자

●
●
●
●

215

종합적인 자신의 캐릭터를 만들어라.
외모와 패션이 조화를 이루고 아름다운 마음이
은은하게 배어 나오는 나만의 캐릭터.

216

분위기 있는 여자가 아름다운 법이다.
분위기는 후천적이므로 노력하면
누구나 아름답게 될 수 있다.

217

여자의 또 하나의 이름, 그것은 어머니다.

218

여자의 대답

no는 maybe
maybe 는 yes
yes 는 no.

여자

.
.
.
.

219

여자는 말(言語)를 발견하였고
남자는 문법(文法)을 발견하였다.

220

남자는 법률을 만들고 여자는 풍속을 만든다.

221

폴란드의 속담

봄 /처녀
여름/어머니
가을/미망인
겨울/계모

여자

● ● ● ●

222

여자가 없었다고 하면 남자는
신(神)들의 생활을 닮았을 것이다.

223

남자는 세계를 정복하지만
여자는 세계를 정복한 그 남자를 정복한다.

224

여자의 전 생애는 사랑의 역사이다.

225

여자는 자기를 즐겁게 해준 남자만을 생각하지만
남자는 자기를 울린 사람을 생각한다.

226

사랑을 하고 있는 사람의 눈은 천리안(千里眼)

227

미녀와 추녀는 지성적이라는 말을 듣기 좋아하며
아름답지도 추하지도 않은 여자는
미모를 갖춘 여성이라는 말을 듣기 원한다.

여자

228

여자의 마음은 갈대
남자의 마음은 바람
갈대를 흔드는 것은 바람, 바람, 바람

DAIWOONG KWON

여자

•
•
•
•

229

자선을 베푸는 것은 여자의 덕성이고
관대함은 남자의 덕성이다.

230

신사는 소리를 내지 않으며 숙녀는 정숙하다.

231

약한자여 그대이름은 여자이니라.

여자

●
●
●
●

232

당신의 머리를 깨끗이 해두라.
남자는 여자의 청결한 아름다움에 이끌린다.

233

하늘에서 아름다운 것은 별이고
여자에게서 아름다운 것은 머리이다.

234

옷을 벗은 여자의 눈은 구름을 뚫고 나오는
태양과 같다.

235

오오, 여자여 하느님은 남자를 부드럽게 하려고
그대를 창조하셨나니 그대없으면
남자는 야수이니라.

236

여자는 아름다움을 사랑하고
남자는 그 여자를 사랑한다.

237

여자는 약한 남자를 지배하기 보다는
강한 남자의 지배를 받기 원한다.

238

사랑의 시작, 고뇌의 시작

239

남자는 언제나 여자의 최초의 애인이 되고 싶어하지만
여자는 남자의 최후의 애인이 되고 싶어한다.

240

여자는 남자와 결혼 하지만 남자는
일과 결혼한다.

241

남자의 첫 사랑을 만족시키는 것은
여자의 마지막 사랑 뿐이다.

242

사람은 두 개의 얼굴을 갖고 있는 야누스다.
하나의 얼굴로 웃고 다른 얼굴로는 울고 있다.

243

남자의 얼굴은 자연 작품이고
여자의 얼굴은 예술 작품이다.

244

아름다운 얼굴이 추천장이라고 한다면
아름다운 마음은 신용장과 같다.

245

아름다운 얼굴에
아름다운 마음씨면 금상첨화(錦上添花)

246

얼굴 잘 생긴것이 몸 잘 생긴 것만 못하고
몸 잘 생긴 것이 마음 잘 생긴 것만 못하다.
그러므로 마음을 잘 다스리면
누구나 아름답게 될 수 있다.

247

얼굴 표정을 잘 관리하라.
사람의 마음은 얼굴에 나타난다.

248

부드러운 얼굴 표정을 하라.
상처받은 사람의 마음을 위로해 준다.

249

40세를 넘은 사람은 자기 얼굴에 책임을 져야 한다.

우정

250

세상에서 가장 귀한 두 개의 선물

하나 / 나의 영혼
둘 / 나의 친구

우정

●

●

●

●

251

많은 어리석은 친구보다는
한사람의 훌륭한 친구가 낫다.

252

무지한 친구보다는 현명한 적이 낫다.

253

많은 사람과 친구가 되려고 하는 사람은
한사람의 친구도 갖지 못한다.

우정

254

친구를 믿지 못하는 것은 친구로부터 배반을
당하는 것보다 더욱 서글픈 일이다.

255

위선으로 뭉친 친구보다는 공개적인 적이 오히려 낫다.

256

내가 없는 장소에서 나를 좋게 말하는 사람이
진실한 친구이다.

257

그 사람의 인격을 알려면 그 사람이
사귀고 있는 친구를 보라.

258

두 사람 사이의 우정이 계속되기 위해서는
어느 한 쪽의 인내가 필요하다.

259

친구는 인생의 보석과 같다.
좋은 친구는 기쁨을 두배로 늘려주고
슬픔은 반으로 줄여 준다.

우정

●
●
●
●

260

"친구에게는 돈을 빌리지 말고
빌려주지도 말라.
빌려주게 되면 돈 잃고 친구도 잃는다."
셰익스피어의 말이다.
그러나 어려운 입장에 있는 사람을
친구가 도와주지 않는다면 누가 도와줄 것인가.
또 그러한 비정한 인간을
친구라고 말 할 수 있을까.
어느 부족의 인디언들은「친구의 의미」를
다음과 같이 말하고 있다.
"친구란 친구가 짊어진 고통을 대신
내 어깨에 떠 메고 가는 사람이다."

261

열매를 맺지 않는 꽃은 심지말고
의리없는 친구는 사귀지 말라.

262

한마디의 말이 맞지 않으면
천마디 말이 쓸데없다.
신용이 없는 친구는 사귀지 말라.

263

어려울 때 도움을 주는 친구가
진정한 친구다.
이해만 쫓는 친구는 사귀지 말라.

우정

264

남자의 우정은 목숨
여자의 우정은 사랑

●

●

●

●

265

우정은 날개없는 사랑이다.

266

남자와 여자 사이에는 우정이 존재 할 수 없다.
다만 정열과 숭배, 사랑과 미움이 있을 뿐이다.

267

친구는 역경에 처해 있을 때 생각나게 하는 사람이다.

268

데카르트의 처세술

🔻

1. 교육 받은 대로 법과 질서를 지키고
   종교의 사랑을 실천하라.
2. 옳은 판단에 따라서 민첩하게 행동하고
   결과에 대해서는 불평을 하지 말고 참으라.
3. 욕망을 채우려고 하지 말고 억제하라.
4. 진리 탐구를 평생의 사업으로 삼으라.

사교

269

옷을 단정하게 입어라.
사치해서는 안되지만 옷은 잘 입어야 한다.
외모와 입은 옷은 사람을 판단하는데 있어서
1차적인 요건이다.

270

장사에는 친절이 최고다.
손님들은 친절하고 예의바른 주인을 좋아한다.
솔직하고 상냥한 태도는 물건 값을 깍아 주는 것보다도
손님을 끄는데 더 효과적이다.

271

교제할 때는 사람들로부터 신임을 얻도록 노력하라.
그리고 그만한 인격을 갖추도록 힘쓸 일이다.
재능보다도 인격의 힘이
많은 사람을 따르게 하는 것이다.
인격과 더불어 재능까지 있으면 금상첨화.

272

토론은 남성적이지만
회화는 여성적이다.

DAIWOONG KWON

273

현명한 사람의 입은 마음속에 있고
어리석은 사람의 마음은 입속에 있다.
왜냐하면 어리석은 사람이 알고 생각하는 것은
모두 입밖으로 나오기 때문이다.

274

자기의 아이디어를 함부로 남에게 털어놓지 말라.
발없는 말이 천리를 가서 계획이 틀어진다.

275

쓸대없이 작은 거짓말을 하지말라.
큰일이 닥쳤을 때 진실을 말해도
사람들은 믿지 않는다.
'양치기 소년과 늑대이야기'가
이를 증명해 주지 않는가.

276

남을 비웃는 것보다 더 나쁜 것은 없다.
상대는 비웃음을 받느니
차라리 꾸지람 받기를 원할 것이다.
조소는 악마의 웃음이라는 속담도 있다.

Daiwoong Kwon 99

277

꾸지람은 남몰래하고 칭찬은 여러사람 앞에서 하라.
남몰래 하는 꾸지람은
자존심을 상하지 않게 하는 일이며
여러 사람 앞에서 하는 칭찬은
사기를 더욱 올려주는 일이다.

278

남의 결점을 지적하는 것보다 칭찬하도록 하라.
칭찬을 받은 사람은 더욱 더 잘하려고 노력할 것이다.
그리고 그 모든 성공의 결과는 함께 누리게 될 것이다.

말

● ● ● ●

279

논쟁은 이익이 없는 경우가 많다.
논쟁에 이기고 친구를 잃는다면
무슨 득이 있겠는가.

280

듣기를 잘하는 사람이 되라.
남의 말을 잘들어주면
내가 말할 때 남들이 잘 들어준다.

281

대화라는 것은 그 자체가 하나의 기술이다.
말을 많이 하는 것과 대화를 잘하는 것과는 다르다.
침묵이 금이되는 경우도 많다.

282

사람이 말을 할 때에는
눈과 입이 동시에 말을 하게 마련이다.
눈이 하는 말과 입이 하는 말이 다를 때에는
눈이 하는 말을 따르면 틀림이 없다.
항시 달콤한 말만하는 사람을 경계하라.

283

말씨와 행동은 그 사람의 인격을 나타낸다.
세상에는 능력보다는 친절한 말씨와 예의바른 태도로
인하여 성공한 사람들이 많이 있다.
반대로 마음씨가 착함에도 불구하고 말씨와 행동이 세
련되지 못해서 실패하는 사람도 있다.
말씨와 행동은 성공을 좌우하는 열쇠와도 같다.

284

이야기를 잘하는 사람은 언제나 환영을 받는다.
일의 성공을 위해서도 화술은 중요하다.
영국의 정치가 윌리엄 템플(william temple) 경은
화술에 대해서 다음과 같이 말하고 있다.
"훌륭한 화술의 첫 번째는 진실, 두 번째는 사고,
세 번째는 좋은 기분, 네 번째는 재치이다."라고.
앞에서 세 번째 까지는 누구라도 할 수 있는 일이다.

285

입 밖으로 나간 말은 엎질러진 물과 같다.
말을 할 때에는 세 번 생각하고
한 번 말한다고 해도 지나치지 않는다.

286

말이 준 상처는 칼이 준 상처보다 심하다.

287

말에는 햇빛같이 따뜻한 말, 화살같이 찌르는 말,
갈고리 같이 잡아 당기는 말,
뱀의 이빨 같이 공포를 느끼게 하는 말 등
다양한 형태의 말이 있다.
영국의 시인 허버트(Herbert)는 다음과 같이 말했다.
좋은 말씨는 "밑천이 안들면서도 큰 가치가 있다."라고.
우리나라 속담에도
"말 한마디에 천냥 빚을 갚는다."는 말이 있다.

288

내앞에서 남을 험담하는 사람은
남 앞에서도 내 험담을 한다.

289

생각이 짧은 사람이 말이 많은 법이다.

290

자신의 취미를 위해서 살생을 하지 말라.
살생을 하게 되면 사랑하는 마음이 없어지고,
잔인한 마음이 자라게 된다.
나의 생명이 귀하듯, 모든 생명 있는 것들은
다 귀한 것이다.

취미

●
●
●
●

291

그 사람의 취미를 알면
그 사람의 인격을 안다.

292

쾌락을 얻고자 하지 말고 취미를 창조하도록 노력하라.
소크라테스는 "내가 주장하는 즐거움은 쾌락이 아니라
지혜, 지식, 바른 의견, 진실, 이성등이다."라고 말했다.

293

좋은 놀이에 참여하라.
놀이를 통해서 남들과 친하게 되고
협동심을 기르며
진정한 게임의 법칙을 알게 된다.
부정한 승리보다는
지더라도 정직한 플레이가 훌륭한 것이다.

●

●

●

●

294

세살적 버릇이 여든까지 간다.

295

바늘 도둑이 소 도둑된다.

296

적극적으로 생각하는 습관을 가져라.
습관은 제2의 천성이다.

습관

. . . .

297

좋은 습관을 갖도록 하라.
건강한 생활을 하는데 도움을 준다.
예를 들면 아침 식전에 냉수 한 컵을 마시고 화장실에
다녀온 사람이 있다고 하자.
이 사람은 하루 종일 화장실에 갈 염려가 없기 때문에
맡은 일에 전념을 할 수가 있다.
또한 공복에 마신 물은 위장에 흡수가 잘되고 세탁 기
능을 해주기 때문에 위에 활력을 주어
서 평생 건강한 위장을 갖게 된다.
흔히 장거리 여행 버스안에서 화장실 때문에 쩔쩔매는
사람을 보게 되는데
이 여행객은 좋은 습관이 안된 사람이다.
좋은 습관은 평생에 도움을 준다.

건강

● ● ● ●

298

건강에 힘쓰라 건전한 정신은 건강한 육체에서 나온다.
몸이 건강해야
모든 일을 잘 할 수 있다.
자기의 건강은 자신이 책임져야 한다.
적당량의 음식 섭취와 일, 운동과 휴식,
그리고 즐거운 마음가짐 등
무리하거나 모자라지 않는 생활습관을 통해서
건강을 유지해야 한다.

299

지나친 음주를 삼가라.
유태인의 속담에 "악마가 몸소 갈 수 없을 때에는 대신
술을 보낸다."라는 말이 있다.

건강

●
●
●
●

300

급히 먹으면 체한다.
과식해도 탈이 난다.
부족한 듯 할 때 식탁에서 일어나라.
위가 가득차면 두뇌의 움직임은 둔해진다.
식후엔 잠시 휴식을 취하라.

301

지나치지 말라.
지나친 것은 부족한것만 못하다.

302

과음이 몸을 해치듯 과식도 병을 부른다.
과음, 과식은 한집안 형제
이러한 형제가 있는 집안은 곧 사망을 뜻한다.

303

건강은 육체적인 것만이 아니다.
마음의 균형이 깨어지면 육체도 영향을 받는다.
분노와 증오, 슬픔과 공포심 등은
심신의 활력을 파괴시키는 주범들이다.
반대로 좋은 기분은 건강을 증진시키며
생활의 윤기를 더해준다.
건강 생활을 위해서 몸과 마음의 균형과
조화를 갖도록 노력하자.

304

천하를 얻고도
건강을 잃으면 다 잃는 것이다.

305

한번 웃으면 한번 젊어지고
한번 성내면 한번 늙는다.

306

청결은 「성스러움」 다음으로 중요하다는 속담이 있다.
주변 환경뿐만이 아니고
몸과 마음까지도 청결해야 한다.
더러운 곳에는 질병이 따르게 마련이다.

307

예술이란 인간의 내부에서 다시 창조되어 나온
우주의 단면이다.

●

●

●

●

308

예술은 생활을 비추는 거울이다.

309

음악은 번역할 필요가 없는 세계 공통 언어이다.

310

인생은 짧고, 예술은 길다.

311

오래된 나무는 불에 타야하고
오래된 술은 마셔야 한다.
오랜 친구는 믿어야 하며
고전(古典)은 읽어야 한다.

DAIDOONG KWON

312

펜은 칼보다 강하다.
사상은 총칼보다도 더 위력적이다.

313

영국의 시인 밀턴은
"책은 생명을 가지고 있는 생명체와 같다.
그리고 책은 그 자체가 책을 저술한 사람의 영혼과
생명력이 그 속에 간직되어 있다."라고 말했다.

책

314

사람은 책을 만들고 책은 사람을 만든다.

315

한권의 좋은 책은 평생의 스승

316

소설가는 신(神)을 흉내내는 원숭이다.
인간들 중에서 가장 신을 닮았다.

317

책 읽는 즐거움을 모르는 사람은 불행한 사람이다.
책속에 들어가면 왕이 되어서 궁전에서 살 수 있고
왕자와 공주가 되기도 한다.
영국의 시인 프레처(Fletcher, phineas)는
독서에 대해서 다음과 같이 말했다.
"바라건데 내가 좋아하는 대로 내버려 두어라.
나의 벗, 책이 있는 곳이면 거룩한 궁전이다.
이곳에서 옛 성현들과 황제를 만나서
이야기를 나누련다.
도리에 어긋나면 그들을 책망하고
내 생각이 잘못되면 즉시 지워 버린다.
헛된 쾌락을 쫓아 가기 위해서
이 즐거움을 버릴 수 있을까
재산을 모으는 일은 다른 사람에게 맡기고
나는 지식만을 쌓을 것이다."

318

"나는 책읽기를 좋아하지 않는 왕이되어
궁전에서 사는 것보다도
책을 많이 쌓아놓은 다락방에서 사는
가난한 사람이 되고 싶다."

319

영국의 과학자 죤 허셸(John Hershel)은 독서에 대하여
다음과 같이 말하고 있다.
"만일 내가 일생을 통하여 어떤 환경 아래에서도
나에게 행복의 근원이 되며 불행으로부터
방패가 될 수 있는 한가지 취미를 선택하라고 한다면
그것은 오직 독서이다."
우리는 책을 통해서 동서고금의 위인들과 만날 수 있고
훌륭한 사상과 지혜를 얻을 수 있는 것이다.

책

· · · ·

320

책 속에 길이 있다.

321

방에 책이 없는 것은
인간의 몸에 영혼이 없는 것과 같다.

322

좋은 책을 선택하는 것은
좋은 친구를 선택하는 것과 같다.
양서(良書)는 영원히 살아 있는
위인의 정신처럼 훌륭한 것이다.

323

부모에게 효도하는 사람은
자식으로 부터 효도를 받는다.

효

●
●
●
●

324

부모에게 효도하라.
복을 받는다.
효(孝)는 백가지 일중에 근본이다.

325

가정에는 사랑과 믿음, 화목이 있어야 한다.
사랑이 없는 가정은 이미 가정이 아니다.
그것은 마치 영혼이 떠난 육체와 같다.

326

귀여운 자식일수록 엄하게 키워라.
엄한 아버지가 효자를 길러내고
엄한 어머니가 효녀를 만드는 법이다.

327

여행은 떠나기 전날 밤의
설레임이 있어서 좋다.

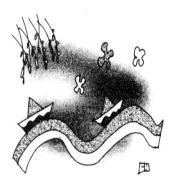

●
●
●
●

328

여행하는 목적은 도착하기 위해서가 아니라
떠나기 위해서이다.

329

속담에
"미운 자식은 떡 한 개를 더주고
귀여운 자식은 여행을 보내라."는 말이 있다.
여행은 살아있는 지식을 체험으로 배우게 하는
최고의 교육이다.

330

여행은 정신을 다시 젊어지게 하는 샘이다.

●
●
●
●

331

자연의 법칙을 위반하지 말라.
자연을 훼손하여서는 안된다.
하나의 물질적인 세계의 법칙을 위반하는 사람은
모든 것을 위반하는 것이다..
이런 사람에게는 모든 자연이
그 무수한 눈에 보이지 않는 힘을 가지고
분노의 보답을 주려고 할 것이다.
이에 반하여 자연을 보호하고
그 법칙을 따르는 사람은
온 우주가 그를 돕게 된다.
그는 자연 법칙을 내린 하느님의
마음을 따르고 있기 때문이다.

332

하늘과 땅, 숲과 벌판, 호수와 강, 산과 바다는 우리들
에게 많은 교훈을 주는 선생님이다.
또한 삶에 지친 몸과 마음을 안정시켜주고
치료해 주는 의사이기도 하다.
물소리, 새소리, 바람소리
가만히 귀를 기울여 보라.
일체의 분별심을 두지 말고 가슴으로 느껴보라.
세월을 뛰어넘어 천년의 소리가 들리지 않는가.
이와같이 자연은 우리들에게
말없는 가운데 말을 전하고
가르침없이 가르침을 베푸는 위대한 스승이다.
따라서 자연을 보호하고 가꾸는 것은
하늘의 뜻에 따르는 일이다.

333

한알의 모래에서 우주를 보고
한송이 들꽃에서 자연을 본다.

자연

●
●
●
●

334

자연이 여자에게 주는 최초의 선물은 아름다움이고
자연이 여자에게서 빼앗는 최후의 선물도 아름다움이다.

335

산이 남성이라면 바다는 여성이다.
그리고 바다의 또 하나의 이름,
그것은 운명이다.

336

잡초란 그 아름다운 점이
아직 발견되지 않은 식물이다.

마음의 팡세

2014년 3월 20일 인쇄
2014년 3월 25일 발행
2014년 7월 5일 발행

지은이 ｜ 유 시 인
펴낸이 ｜ 김 용 성
펴낸곳 ｜ **지성문화사**
등　록 ｜ 제 5-14호(1976.10.21)
주　소 ｜ 서울 동대문구 신설동 117-8 예일빌딩
전　화 ｜ 02)2236-0654, 2233-5554
팩　스 ｜ 02)2236-0655, 2236-2953